Stuck On Me

Molly O'Connor

Mouse Gate Series

Mouse Gate Press.
1103 Middlecreek
Friendswood, Texas 77546
281-992-3131 TEX
www.totalrecallpress.com

ISBN: 978-1-64883-068-6
UPC: 6-43977-40686-6

Printed in the United States of America with simultaneous printing in Australia, Canada, and United Kingdom.

FIRST EDITION
1 2 3 4 5 6 7 8 9 10

Dedicated to happy
kids everywhere.

What is this thing that's stuck on me?

It's as prickly as can be

It's on my leg behind my knee

I do not know what it can be.

I walked through grass and passed a tree

That is when it jumped on me

Quickly I reached behind my knee

It grabbed my fingers hastily

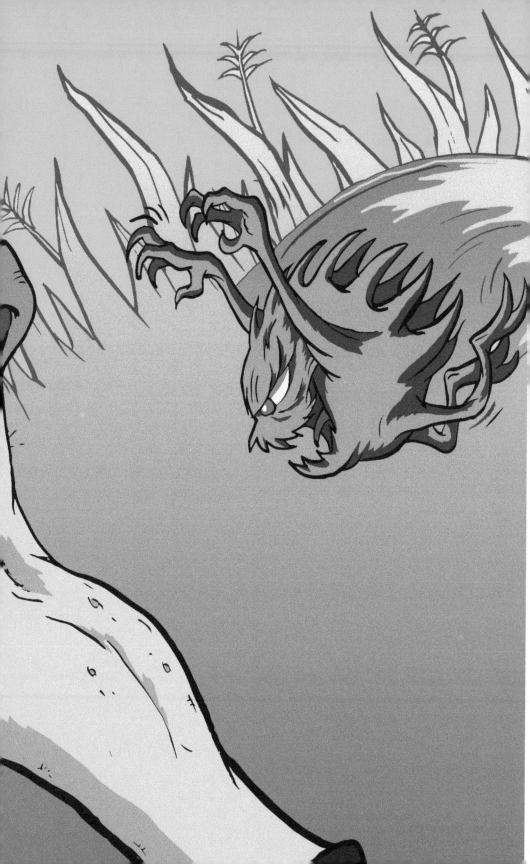

This thing feels very picky

It's sharp and awful sticky

I shook my hand to get it free

It flew right back toward my knee.

It stuck again on me!

I wrap my sweater gingerly

Over my fingers protectively

I reach to get it carefully.

Now my sleeve is stuck to my knee.

I must get it off you see.

So I yank my arm angrily

And get it free from my knee

Then fling it up into a tree

High above my head I watch it flee

Spinning and twisting over me

I see it come down gracefully

And land in my hair, oh gee

It stuck again on me!

I have a problem you'll agree

This thing has got a grip on me

It must be removed I decree

I don't want this stuck on me.

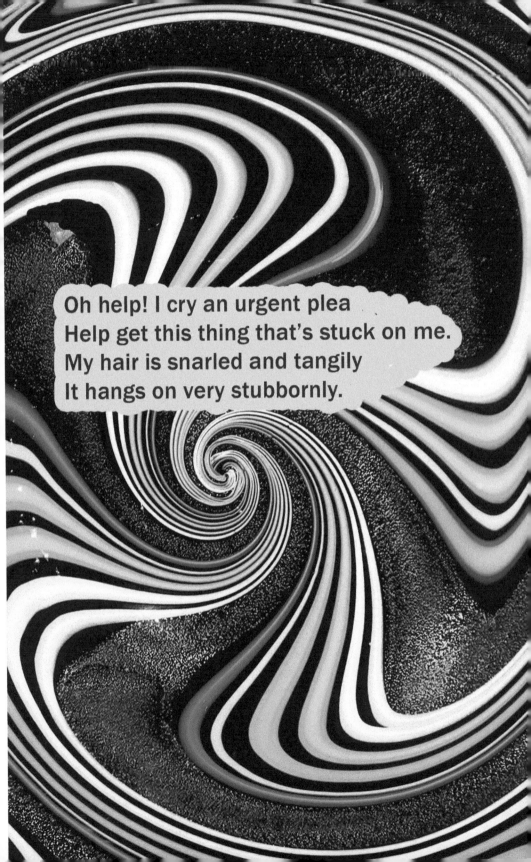

Oh help! I cry an urgent plea
Help get this thing that's stuck on me.
My hair is snarled and tangily
It hangs on very stubbornly.

I need my mother, where can she be?

She'll get this thing that's stuck on me.

"It's a bur." She explained knowingly

And buttered my hair and got it free

Hurray, now that burr is not stuck on me.

A bur (also spelled burr) is a seed that has hooks or teeth.

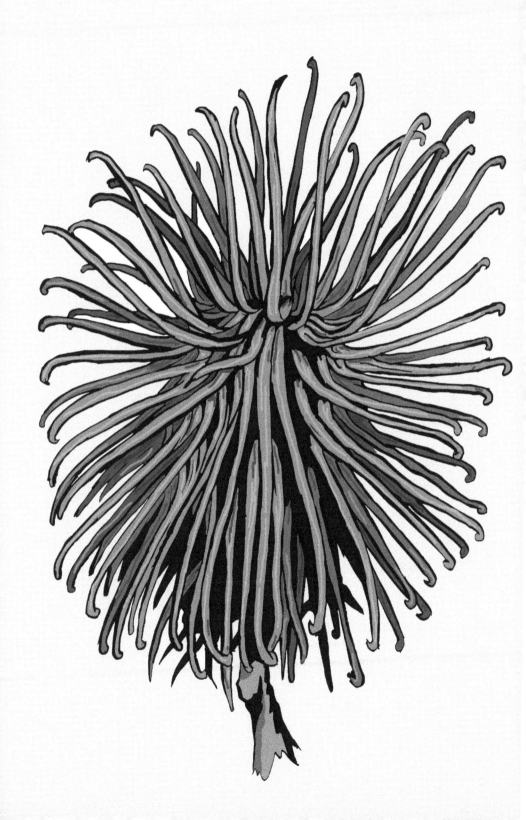

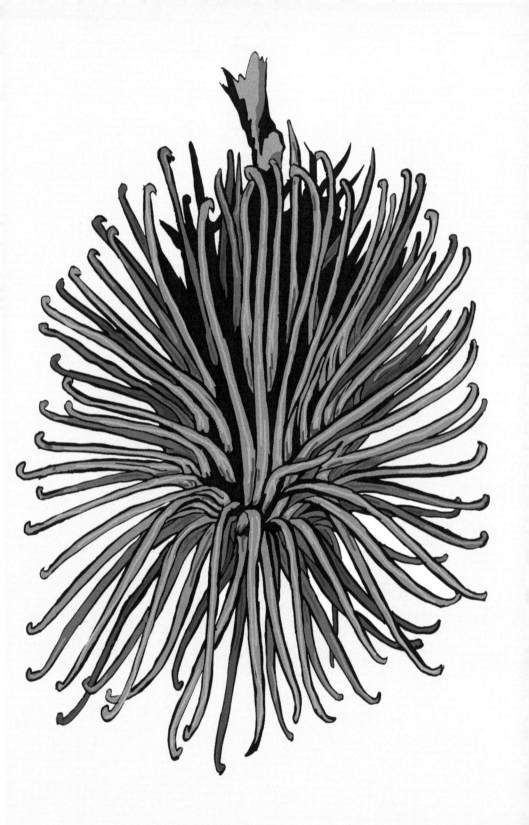

Une bardane est une graine qui a des crochets ou des dents.

Hourra! Maintenant la bardane n'est plus collée sur moi!

Ma mère pourra m'aider, je prévois

Elle enlèvera ce qui est collé sur moi

«C'est une bardane», elle explique, «Patientez»

Puis, elle a beurré mes cheveux et l'a enlevée.

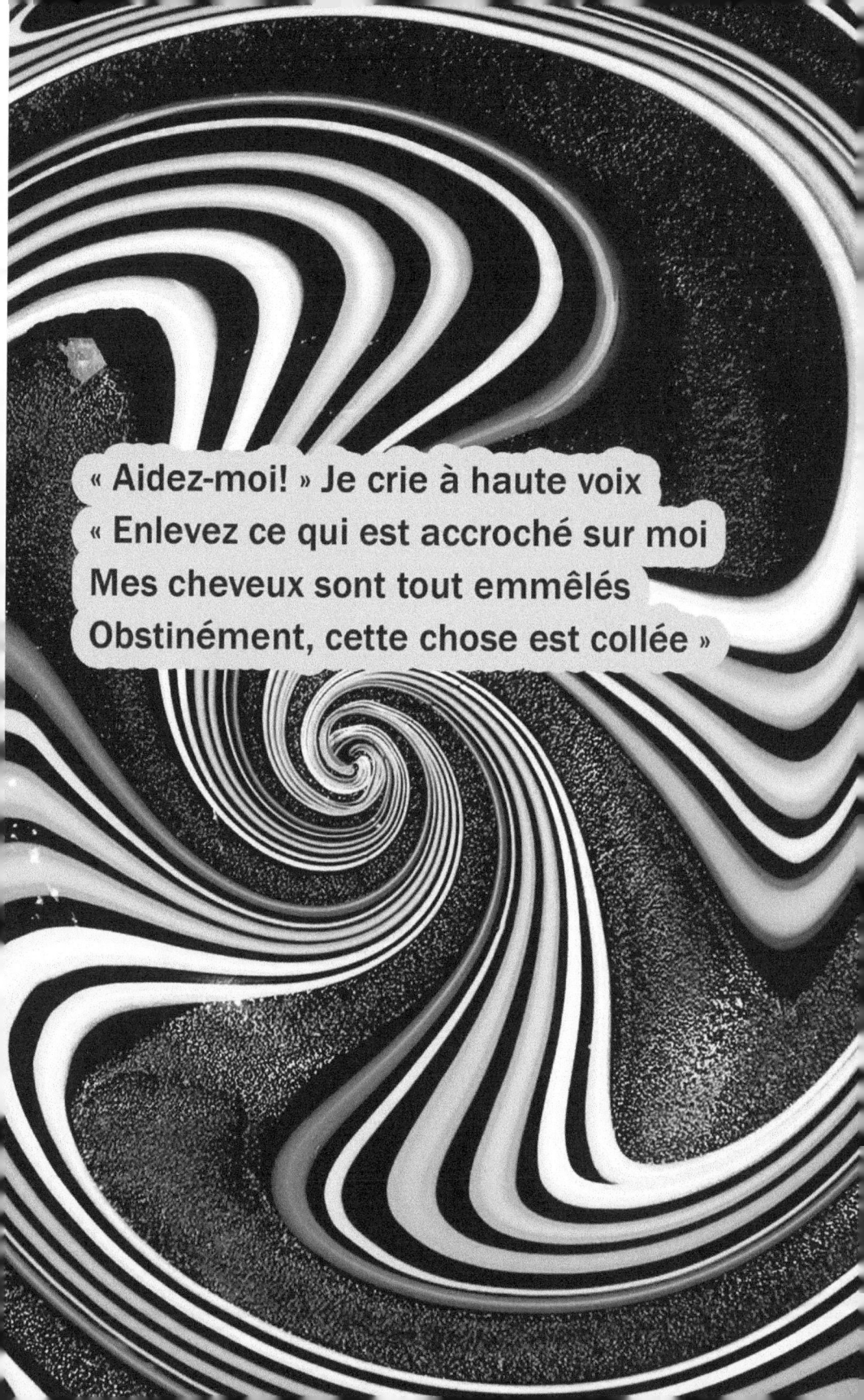

« Aidez-moi! » Je crie à haute voix
« Enlevez ce qui est accroché sur moi
Mes cheveux sont tout emmêlés
Obstinément, cette chose est collée »

J'ai un problème, tu vois

Cette chose a une prise sur moi

Je décrète « Elle doit être enlevée,

Je ne veux pas qu'elle reste collée! »

Elle s'est collée sur moi de nouveau!

Elle vole au-dessus de ma tête

Grimpant dans un arc parfait

Elle redescends gracieusement

Et atterrit dans mes cheveux, malheureusement!

Je dois l'enlever, tu comprends

Alors je tire dessus furieusement

De mon genou je l'arrache

Dans les airs, je m'en débarasse

J'enveloppe mon doigt, prudemment

Dans mon coton ouaté, défensivement

Je l'atteins soigneusement

Ma manche est collée à mon genou, maintenant

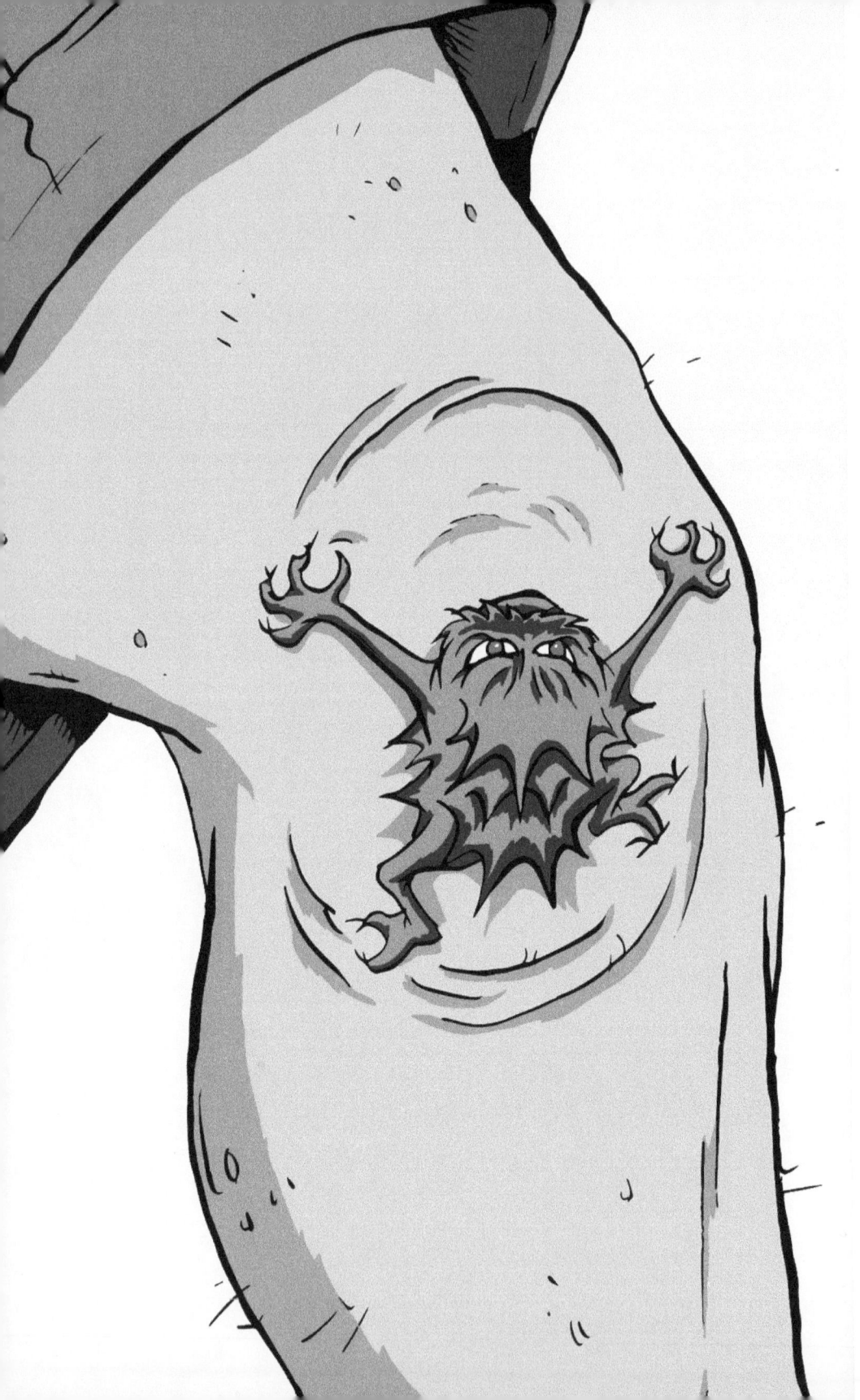

Elle s'est collée sur moi de nouveau!

Cette chose est très épineuse

Elle est pointue et terriblement poisseuse

J'ai secoué la main pour l'enlevée

Et je l'ai renvoyée vers mes pieds

J'ai marché dans l'herbe qui n'avait pas été
  taillée.

C'est à ce moment-là que cette chose s'est
  accrochée.

Très vite, j'ai tendit le bras pour l'attraper

À mes doigts elle s'est accrochée

Quelle est cette chose collée sur moi?

Elle est épineuse et cela me gratte tellement.

Derrière mon genou, je l'aperçois.

Qu'est-ce que cela peut bien être?

Dédié aux enfants
heureux partout

Mouse Gate Press
1103 Middlecreek
Friendswood, Texas 77546
281-992-3131 Tél
www.MouseGate.com

Droit d'auteur © 2021 par : Molly O'Connor
Illustré par Mike Swaim
Traduit par Annette Dodge
Tous droits réservés

ISBN: 978-1-64883-068-6
UPC: 6-43977-4068-6

PREMIÈRE ÉDITION
1 2 3 4 5 6 7 8 9 10

Collée Sur Moi

Molly O'Connor

Mouse Gate Series

CPSIA information can be obtained
at www.ICGtesting.com
Printed in the USA
LVHW070338300421
686063LV00020B/556